봄날은
십 분 늦은
무늬를
갖고 있다

공감시선 10
봄날은 십 분 늦은 무늬를 갖고 있다
ⓒ 이도훈, 2022

지은이_ 이도훈

발행인_ 이도훈
편　 집_ 유수진
교　 정_ 김미애
펴낸곳_ 도서출판 도훈
초판발행_ 2022년 11월 29일

사무실_ 서울시 서초구 법원로3길 19, 2층 W109호
　　　　 (서초동, 양지원빌딩)
전　 화_ 02) 595-4621, 010-6722-4621
팩　 스_ 050-4227-4621
이메일_ flyhun9@naver.com
홈페이지_ www.dohun.kr

ISBN_ 979-11-92346-28-1 03810
정가_ 12,000원

표지디자인_ 조영주

이 시집은
한국문화예술위원회 2022년 아르코문학창작기금 지원으로
발간되었습니다.

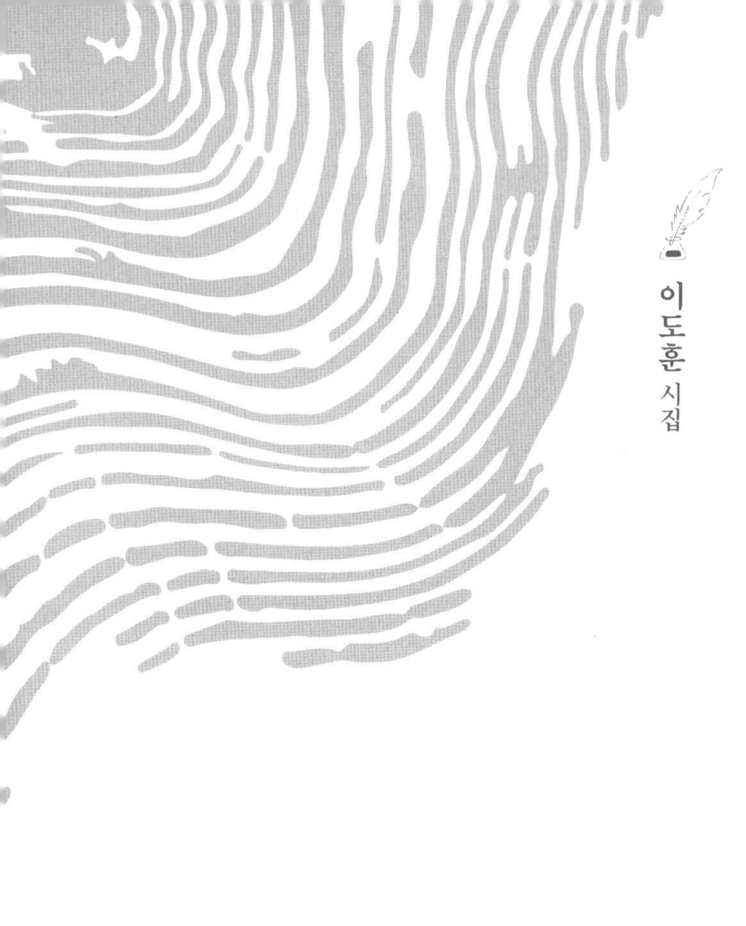

이 도 훈 시집

봄날은
십 분 늦은
무늬를
갖고 있다

도서출판 도훈

길에서 서성인 시간들이 있다

그냥 서성이다 왔다고 생각했는데

어느새 주머니에 분침이 한가득이다

조금 늦었던 그 많은 십 분들을 모아

두 번째 시집을 낸다

당신 덕분이다

그러니,

당신의 무늬가 가장 아름답다

2022년 가을

길을 가다 잠시 들른 어느 카페에서

차례

1부

칼등

모래가 비스듬한 해안을 따라 미끄러지고 쌓이듯,
잘 여문 바람이 늦가을 매달린 것들을 옮겨 다니듯,
날카로운 결정 쪽으로 흘러내리고 있는 중이다

칼등

가끔 배는 등의 힘으로
버티고 있다는 생각이 든다.
날카로운 면으로 자르는 칼은
사실 칼등의 힘으로 두 동강을 얻는다.
쉽게 나누어진 것은 칼날만 보았겠지만
시퍼런 칼날을 품고 버틴 것들은
칼등을 볼 수 있었을 것,
갈라진다는 것은 쉽게 나누어지는 족속들
어쩜, 날카로운 칼날이 아니어도
칼등의 위협으로 분열하는
세포와 같은 것.

우리는 칼등에 앉아 있는,
칼날 쪽으로 옮겨가지 않으려고 발버둥 치는 존재들
결정짓는 것은 칼날이지만
선뜻 칼날에 설 수 없는 시야視野 같은 것.

쉽게 얻어지는 답들을 보며
등을 다시 한번 갈아가는 것.
등 뒤를 넘겨보던 호기심이
근심스레 연명해가는 줄타기 같은 것.

칼날이란
칼등의 비스듬한 양보이고
늘 칼날 쪽으로 미끄러지는 중이다.
모래가 비스듬한 해안을 따라 미끄러지고 쌓이듯,
잘 여문 바람이 늦가을 매달린 것들을 옮겨 다니듯,
날카로운 결정 쪽으로 흘러내리고 있는 중이다

등을 밀어 올리는 배부른 질문들은
배고픈 답을 얻지 못할 것이다.

두루마리 심

빈 곳도 힘이 된다.
휴지심 속 힘은 어느 한 방향에 기대지 않는
동그랗게 비어있는 힘.
중심이 비어있는 힘은
돌돌 말거나 돌리는 것들의 지주다.
무엇이든 부풀리며 말 수 있다.
돌돌 말아놓은 거리와 부피는
또 다른 동그란 힘의 무게가 된다.
축이 있어 혼란스럽지 않은
반복의 운행이 길이다.

스스로 마는 힘은 세다.
저녁 어스름을 말 수도 있고
저 들판 끝, 지평선까지 돌돌
말아 올릴 수 있는
동그랗게 빈 곳들의 힘

지구는 오랫동안 별 박힌 하늘을 말고도
여전히 말고 있다.
자의로 만 두께는
자의만으로도 술술 풀린다.
중심이 비어있는 심들이 없다면
세상은 온통 펄럭거릴 것이다.
본다, 하루가 돌돌 말고 있는
저녁들의 노을과
언젠가는 우주의 끝까지 말고 갈
중력들이 멀다.

최대한이라는 처방

의사들은 최대한이라는 낱말의
처방전을 쓴다.
중세에도 의사들은 최대한이라는
처방전을 즐겨 썼다.

"페스트로부터 최대한 멀리 도망가세요."

옛날엔 내 주변에 모든 최대한들이 밀집해있었다.
먼 곳에 있는 최대한들은 모두 소문으로 치부되었다.
확인할 수 없는 곳과 것들이 너무 많았다.

얼큰한 저녁, 멀리 사는
최대한 깊은 곳에 사는 친구에게 전화가 왔다.
근래와 어제오늘로 걱정하는 나에게
자신의 병을 옮을, 옮길 사람도 없다고 했다.
최소한을 가졌던 그는

최대한의 처방을 늘 갖고 있었다.

그는, 최대한 늦게 돌아올 것이다.

최대한을 왜 많다고만 생각할까
최대한 먼 곳, 없는 곳
돌아오지 못할 곳
최소한의 숨이
최대한의 일생을 결정짓는
그곳.

순환선

한 사람이 죽었고
법의학자들은 그의 사인을 달기 위해
부검을 했다.
먼저 바쁘게 오르내린 계단이
줄줄이 달려 나왔다.
몇 바퀴인지 기억도 안 나지만
지구를 돌고도 남는다는 혈관엔 무수한
정차역들이 가다 서기를 반복하고 있었다.
더 울리지 않을 휴대폰에서는
남은 문자들이 재잘거리고
얼굴 없는 사진들은 모두 뒷모습 같았다.
몇 개의 청약통장과
돌려막기에 사용된 듯한 카드와
청첩장과 부의 봉투가 구깃구깃 들어있었다.
그중 몇 건의 여행계획서가 나왔고
퇴근길에 쭈그려 앉아 쓰다듬는

고양이 한 마리와 찰칵찰칵

열고 닫았을 열쇠 소리도 들어있었다.

읽다 만 책들의 뒷부분은 다 백지이었다.

사람들 몰래 지구는 자주 기우뚱거렸고

그럴 때마다 사람들은 계획을 쏟거나

계획에서 쏟아졌다.

오늘은 애벌레의 마음으로

길고 긴 한숨을

느릿느릿 기어가 보고

싶은 것이다.

씨앗은 꼬리에 있다

온통 들판이 꼬리 치는 계절에는
뭔가 떨어질 것 같은 날들이 흔들거린다.
몸통만 바라보고 지내온 세월은
그간 있었던 일을 복기하고 있다.

생명은
굵은 모가지를 따라 움직이는 것이 아니라
꼬리에서 연명한다는 것을,
나무의 열매가 그렇고
여문 곡식이 그렇고
우리의 넘실거리는 밤들이 그렇다.

꼬리뼈를 갖고 있다는 것은
우리도 늘 꼬리에서 열매를 맺었다는 사실.
꼬리가 없어진 사실을 깨닫고
젊은 날들은 꼬리를 찾아 나섰다.

꼬리의 자취를 찾지 못한 사람들이

오래도록 바람에 감긴다.

약의 기운이 채 닿기도 전에

여문 곡식이 툭 떨어져 나간 꼬리,

우리가 늘 서툰 이유이다.

버찌의 골상학

방긋, 꽃잎이 날아간 여자의 골상학에는 여러 구둣발이 모여 있었다. 눈썹이 지워지고 진보라 빛으로 뺨이 물들면 까만 혀로 팍팍 터지는 말을 내뱉었다. 익지 않은 거울은 늘 시큼한 맛의 표정으로 건너다본다. 버찌는 씨앗이 팔 할의 크기. 씨가 큰 것은 클 수밖에 없었던 이유이다. 비스듬한 운명과 꼬리도 거두지 못하고 떨어지는 팔자다.

입술에 묻은 소문을 오물거린다. 얼룩은 묻는 게 아니라 저의 앞섶에 저절로 떨어지는 것이라고, 아름다운 버찌가 맛있게 말했다. 울먹울먹한 맛을 골상학적으로 보면 작은 두상 속에는 흰 꽃을 펄펄 날리는 삼재수가 들어있다.

구두를 뒤집어 바닥을 확인할 새도 없이 얼룩들이 종일 따라다녔다. 꼬여가는 바닥은 풀 수 없다고 그냥 닳아간다고 한숨은 무표정이다. 꼭지가 상해가는 물음표를 달까 느낌표를 달까 오늘도 같은 고민으로 버찌를 딴다. 시큼한 맛을 음미하다 결국 씨앗을 삼키고 말았다.

봄, 벚나무 밑을 지나친 구두의 바닥은 온통 진보라빛 멍투성이다.

평균에 속다

평균대는 아슬아슬한

양쪽을 갖고 있습니다.

또 평균이란 말은 양팔을 쭉 뻗고

균형을 쓰다듬으라는 말이니까.

아슬아슬한 양쪽이 있어야 평균이기도 합니다.

한쪽으로 치우치는 것들은

한쪽을 잃고 맙니다.

한쪽을 잃고 나야만 나도

기울 수 있다는 것을 배우게 됩니다.

또 평균은 높거나 낮은 양쪽이 있고

이쪽과 저쪽, 평균을 잡아당기는

기우뚱거림이 있습니다.

오솔길이나 모닥불은

가장 넓은 산술평균일 것입니다.

또 염소의 뿔과 뱀의 갈라진 혀는 어떻습니까.

공격성이 강한 평균값은 칼날과 같습니다.

치명적인 기댓값들은 늘 상처를 냅니다.

우리가 자화상처럼 여겼던 최빈값은

평균값에 무시되었습니다.

그렇지만 평균에 속는 일 또한

그런대로 괜찮은 일일 것입니다.

내 어머니의 오랜 바람이기도 하였으니까요.

숫자는 항상 헷갈리고 사람들은 노름하듯

평균값으로 장난을 치지만

그 평범한 평균을

진땀 흘리며 건너는 중이니까요.

기침

기침이 잦았던 아버지가 지은 집
그 아버지가 돌아가시고도
집은 가끔 저 혼자 기침을 할 때가 있다.

마치 자잘한 못이 빠지는
혹은 망치질 소리같이
집이 잔기침을 할 때가 있다.
바람에 팔랑거리는 창틀 소리 같은 기침과
지주가 뒤틀리듯 빠득거리는 기침이 공존한다.

아버지는 유전에 굴복한 사람
옛 주인의 호흡기를 닮은 집이
이젠 나와 기침을 섞을 때도 있다.
나는 그 유전을 감시하는 사람
가끔 엇박이 난다고 생각했는데
그건 서로에게 어울리는 추임새였다.

자꾸 몸속의 바람이
넘어지는 것이라고
마른기침으로 일으켜 세우는 것이라고
한바탕 그 바람을 다 비우고 나면
한동안 잠잠하던 아버지
뱃속의 힘.

문을 열어놓은 겨울 방 안처럼
아버지의 목에서 끓던 영하의 바람처럼
세상의 집들은 자지러지다
스스로 허물어지는 것이다.

달의 굴레

무수히 헛바퀴를 돌았죠. 두 바퀴로는 멈출 때마다 넘어질 수밖에 없었어요. 넘어지면서 얻은 상처들은 한쪽으로 급격히 기울어져 있어요. 길은 주로 바퀴에서 엉키고 나의 학창 시절은 바퀴 자국을 따라 꼬여만 갔죠.

밤의 최단 거리를 달리죠. 막히거나 복잡한 것은 상관없죠. 속도는 비틀거리는 상처를 내고 골목은 빠르고, 빠른 골목의 마후라는 후끈 달아오르죠. 음식은 달리는 속도로 불거나 식어가고 그 음식에선 아슬아슬한 사거리의 맛이 나죠.

늘 경량의 엔진이었죠. 속도를 아무리 땡겨도 굴레의 시간에 맴돌 뿐이죠. 기어는 계단이 되지 못하고 알고 있던 달의 속도는 다 거짓말인 걸 알았죠.

여름, 난 파란 바다 아래서 검은 튜브를 타고 헛돌아요. 전 세계를 울렁울렁 돌고 싶어 바다가 하나의 바퀴였으면 좋겠다고 생각했죠. 선택이란 말은 써 본 적이 없어요. 처음 오토바이를 탔을 때가 도망치는 순간이었는지 달려 나가는 순간이었는지 기억나지는 않지만 이제는 멈출 수가 없죠.

내 몸엔 빨강 신호등이 너무 많고 빨강은 엎질러지기 좋은 색이죠.

뚝, 끊어질 것 같은 체인을 따라 심장은 덜커덩거려요. 그건 그렇고 하느님도 오토바이를 타봤을까요?

뢴트겐 법칙

엑스레이 사진을 들여다보다
반경이라는 말을 곱씹는다.
저 흰 뼈들은 언뜻
감옥 같거나 목책 같기도 해서
안과 밖, 어디를 가두고 있는지 궁금해졌다.
창살 사이로 허연 안개가 피어 있다.
꿈속에서 늘 헤맬 수밖에 없었던 것은
내 안을 벗어날 수 없었기 때문이었을 것이다.

골조를 확인하는 방법엔
친절한 뢴트겐 씨가 있다.
뼈를 발라낸 옛사람들이
뼈의 근접으로 살았듯이
그때 알게 된 뼈는
훗날 집의 건축방식이 되었을 것이다.

사람의 반경에도
하얀 골조가 있다.

자신의 뼈에 갇힌 사람이
늙어 굽어지는 것을 본다.
절룩이거나 기우뚱거리는 것과
활처럼 휘어 다시 원점으로 돌아가려는,
모두 뼈에 갇혀있기 때문이다.

뼈의 모양으로 산다.

증명

죽어가는 것들

증명을 실천하고 있는 것이다.

살짝 기울어진 지구를 몸에 넣은 사람들

그 지구살이가 끝나간다고

허리를 굽혀 증명하는 것이다.

어제를 만질 수 없는 일

끊임없이 한쪽 방향으로만 돌고 있는

지구를 증명하는 일이다.

내일이 아직 도착하지 않은

오늘도, 현재를 증명하고

점점 더 먼 곳에서 다가오는 별들

앞으로 넓어지는 우주를 증명하려

태양의 반대편을 달려

오늘도 지구를 향해 다가오는 것이다.

이전 것을 기억하지 못해

윤회는 그저 지나간 것일 뿐

다가올 천국도 지금은 기억해 낼 수가 없는

66.5도가 기운 단지 저편의 세상

아직까지는 눈 밖의 일들이 순리라는 것

모든 증명에는

온갖 일들이 뒤섞여 있다.

돌 속에도, 깊은 물 속도

대기권 밖의 암흑에도 무수한 증명들이 있다.

증명 연결고리라고

인간을 정의한다.

귀를 만지면

귀를 만지면

아픈 말들이 있다.

얼굴을 비비면 표정이 숨는데

귀는 만질수록 거친 말들을 하나둘 내뱉는다.

아픈 말을 가슴에서 찾으려 한 일은

귀를 멀리하겠다는 말이다.

귀는 얼굴에서 가장 변두리이고

현실적인 뒤를 갖고 있다.

눈과 달리 뒤의 말도 들으라는 귀

가장 듣기 좋았거나 싫었던 말들은

혈육의 고리에 있었고

그 말의 피를 건너뛰어

지금은 무촌의 입에서 자생한다.

입을 가리고 침묵을 지는 귀

아픈 말들이 아픈 귀를 찾아온다.

뼈 없이 지탱하고 섰다.

부러질 것 없어 모진 말도 잘 견디고

말의 여운은 달팽이관 어딘가에 매달려 있다.

귓불을 만지다 보면

스르륵 스르륵

어느 말 하나가 자꾸 반복되는 것을 느낀다.

2부

아니라고 대답한 적 없다

오늘,
밤이 있어 참 다행이다.

아니라고 대답한 적 없다

맛있냐고 물으면
아니라고 대답한 적 없다.
음식이라는 것은 도대체 무슨 맛이란 말인가.
입맛이 없다거나
입이 짧다는 말은
다 배부른 말들이다.
게을러진 말들이 꼬여가는 것이다.

해를 삼키듯 더운밥을 집어삼키고
거스름돈 같은 반찬을 쓸어 모은다.
소나기를 기다리듯 물을 마시면
한풀 꺾인 시름도 휴식을 갖는 시간
아니라고 답한 것들은
설정이 아니라 배후였다.
땀이야 닦아내면 되고
지친 영혼이야 쉴 때도 곧 오겠지.

오늘,
밤이 있어 참 다행이다.

다음에는 아니라고
한 번쯤 말해보고 싶다.

문

문을 보면 드나드는
존재의 크기를 알 수 있다.
아무리 긴 그림자를 가졌어도
막아서는 법이 없는 문.

손잡이가 달려있거나 달려있지 않은 것은
문을 드나드는 방식의 차이.
사람의 문은 늘 닫혀있었고
뱀의 문은 열려있었다.

윈도우,
안쪽이 넓어질수록 문은 좁아진다.
클릭으로 친교하고 클릭으로 절교한다.
눈만 뜨고도 드나들 수 있는 문
똑똑 숫자를 식자하면
늘 닫혔던 습관이 회전문처럼 열렸다.

그 안은 집과 도서관과 무수한 각자의 현실들

문을 열면 또 다른 문

우연의 고리들이 달린 아이콘.

그 세상에서 우리는 늘 주인이었다.

허상의 집을 빠져나오면서 스르르

뱀의 허물처럼 닫히는 문

뱀은 자신의 몸에 여닫는 탈피의 문이 있다.

숫자 사이를 지나친 허물의 흔적

닫혀있는 문에 비친 고독이 버퍼링 중이다.

무심히 랙이 걸린다.

장마 속엔 붕어가 산다

한 며칠 연이어 내리는 비는

아가미와 꼬리지느러미가 있다.

웅덩이들은 가는 물줄기를 들여서

둥근 장마를 키우고 그 속에는 붕어들이 살았다.

웅덩이는 짧고 붕어들은 어렸고

잠깐 비 그친 마당엔

붕어의 비늘들이 질퍽하게 돋았다.

어느 마을에선 빗줄기를 타고

미꾸라지가 쏟아졌다고

마을마다 퉁퉁 붙은 소문들이 돌았다.

집과 문짝들은 눅눅해져서

잘 뒤져보면 비늘이 돋거나

문풍지처럼 지느러미가 자라 있었다.

장마는 붕어 냄새가 났다.

땅속에도 부레가 있다.

마당을 밟으면 움푹한 붕어들이 따라다녔다.

부레가 없는 나는 자꾸만 무거워지고

눅눅한 이불에 달라붙어

꼬리지느러미 같은 하품이 잠을 빠져나갔다.

웅덩이에 고인 물은

붕어의 수줍은 살이거나 비늘이어서

수면을 살짝만 건드려도 숨기 바빴다.

긴 방학에 든 교실에선

똑똑,

물방울들의 음악 시간이 한창이었다.

소문들

소문들이 몰려온다.

지구를 돌고 돌아 불어오는 오색바람이다.

바람개비 뒤로 펄럭거리는 실타래는

또 어느 우주에 닿으려고 하는지

하늘을 파랗게 물들였다.

실오라기에 매달린 채 앵앵거리던

종이컵 전화기의 목소리가

이명처럼 들려온다.

지금은 전파에 밀려

유치원 부록교재 어디쯤에 접혀있겠지

바람도 그리움이 많아 다니던 길로만 다닌다.

파란 바다 건너,

아빠가 보고 싶다는 딸에게도

노란 바람개비 하나 있었으면 좋겠다.

바르한에서 티켓을 끊다

바르한에서 서울행 티켓을 끊었다.

반달 속에서 불쑥 나온 손은

사이드와인더 뱀으로 뒷머리를 묶은 여자는

모래의 속도와 사막에 있다는

어느 나무의 시간을 이야기한다.

이곳은 바람의 집결지다.

바람과 모래는 서로의 종속 관계

사구들은 가장 고요한 형태를 지닌

바람의 거푸집이어서

시린 만큼 파이고 눈두덩이만큼 부어오른다.

여행에 도착지는 늘

반달 속에서 불쑥 튀어나온다.

한 장의 모래 종이에 몇 개의 모래 달이 도착한다.

바르한, 가장 고요한 집결지를 떠나

버스들은 다음 날 집결지로 돌아가는 중이다.

깊숙한 그곳에 몰아치는
집과 가족과 일상의 바르한

모든 발걸음은 터미널로 향하고
터미널마다 바르한은 존재한다.
얼마간의 거스름돈과
티켓 한 장을 내놓는 바르한 속에
불쑥, 낯선 손 하나가 산다.

주물 틀

주물 틀 용기를 보며 왜 이름은 석 자고
같은 이름이 이렇게 많은지 생각해본다.
이름 속에 사람을 집어넣다 보면
이름은 얼마나 단단한 주물 틀 같은 것인가
체중이 늘어나도 욕심이 불어나도
팔 한 짝이 사라져도
이름은 여전히 균등하고 완고하다.
아이를 낳아 이름 속에 가두고
이름을 훈육하고 다독인다.
틀을 벗어나려는 학생들을 매일매일
이름 틀 속에 가둔다.
모두 다 내 것인 양 이름을 짓고 새 틀을 짠다.

문자를 사용하면서 우리는
진정으로 읽는 마음을 잃었다.
새로 발견된 행성과 이 거리를
꼭 빛의 속도로 밝혀야 했을까

가령, 살아서 못 가는 거리
죽어서는 더더욱 못 가는 거리라 왜 말하지 못하는가.
여기서 저기까지
마음이 닿는 거리이거나
어느 쪽이라는 말이 나는 참 좋다.

숫자를 사용하면서 서로의 거리를 잃었듯
숫자와 이름은 죽은 다음에도
완강하게 나를 옥죄일 것이다.
죽은 이름은 무중력 시간을 둥둥 돌다
지겹게 죽은 날짜에 잠깐, 불시착한다.

이름이 없다면
코가 큰 사람, 이빨로 웃는 사람
노래가 많은 사람
특징짓는 그 속에 다 사람이 들어있을 것이다.

비껴간 일, 비켜난 일

한 끗이 비껴간 일로 살아있지만,
사람들은 그 일을 두고
평생을 크게 비켜난 일이라고 했다.

한 끗 차이겠지만
그 한 끗이 짧고도 또
길었다.

누구는 불행 중 다행이라고 했지만 그 다행으로 산
날들은 또 불행이었다. 아무리 감추어도 드러나는 상
처, 차라리 드러낸 일들 속에다 감춰두는 것이 더 편했
다. 어쩌다 그렇게 됐냐고 묻는 말엔 말할 수 있는 대답
이 없었다.

불행이라면 주로 흘린 일들이고
다행이라면 그것도 흘린 일이다

나는 다행히도 비켜선 사람

비껴가는 일의 중심에서 살짝 밀려난 사람

뒤편에서 날린 파편들이 눈앞의 담장을 앞질러 가고

숨 막히던 호흡에 멈춰 섰던,

한 끗

삶은 감자를 푹 찌르고

나는 평생 빈 구멍만 씹었다.

한 번의 관통으로 들어찬 먼지의 층

그 층에서 풀이 돋았다

바람이 늘 살짝살짝 풀을 비껴간다.

무섬마을 외나무다리

사람은 기우뚱거리는 자신의 균형을

혹시 몰라 양쪽에 나누어 놓았다.

붙잡고 있는 것과 놓으려고 하는 것들로

섭리적 균형이 생겨났다.

무섬마을 외나무다리, 그곳에서

마주치는 사람은 참 난처하다.

이 난처함을 즐기러 모여드는 사람들

발밑에 물은 부드럽고

중심에서 멀어진 균형은 깔깔거리고 웃지만

균형은 중심이 아니다.

중심은 한 곳으로 균형을 불러들이는 곳.

그러나 외나무다리는 그 중심을

양쪽 균형으로 맡겨 놓은 곳이다.

어떤 중심도 양쪽의 양보 없이는 자리 잡지 못한다.

건너는 일, 그것들에는 휘청거리는

양쪽을 잡는 두 손이 있다.

헛방도 잘만 잡으면
견고한 균형이 될 수 있다.

외나무다리는 한 생각
한 의지만 데리고 건너야 한다.
비켜설 곳 없는 처지와
비켜서지 않겠다는 결심을 데리고 건너야 한다.

건너가고 건너오는 중간
이곳에서는 물러서는 일, 비켜서는 일이
가장 편안한 중심이 된다.

익숙함에 대하여

내가 교육받지 못한 최초의 일은

왼손과 오른손을 구분 짓는 일이었다.

왜 우리는 오른쪽을

궁금해하지도 않고 받아들였을까.

지구가 오른쪽으로 돈다고?

순리들이 다 오른쪽으로 빠져나간다고?

내 발밑에 남반구 사람들은 다 왼쪽 타령이라는데,

우주에도 없는 방향이 지구에 생겼다.

익숙한 습성들, 오른쪽에서 왔을까?

오른손의 숙련은 왼손의 불편에 기댄 효과가 아닐까.

우리는 그동안 불편을 왼손에 버린 것이 아닐까.

늘 노는 줄 알았던 왼손엔

오른손이 버렸던 불편함이 가득 고여 있다.

오른손을 잃고 왼손에 쌓아놓은 불편 중

그나마 쓸 만한 것들을 뒤적이던 친구

그는 이제 어느 쪽에다 불편을 버렸을까.

양손으로 수학 문제를 풀던 아이는

질문도 양쪽의 말투로 했던 것 같은데

오른쪽 글씨를 읽는 오른쪽 눈

왼쪽 글씨를 읽는 왼쪽 눈은 왜 없을까?

오른쪽 말투가 자꾸 왼쪽 말투의 꼬투리를 물고 늘어

지고

오른쪽 눈썰미에 잡힌 것들이 왼쪽으로 돌아 숨는다.

가끔 오른쪽을 잊고 싶을 때가 있다.

검지 첫마디가 문드러지고

오른쪽 손목이 더 이상 들리지 않던 때

너무 익숙해서 지겨운

왼쪽으로 갈아타고 싶을 때가 있다.

그리운 공중전화

한때 뒷사람의 푸념을 들으며

매달려 듣던 공중전화의 수화기나

늦은 밤, 별자리를 눌러 끊지 못하던

그 수화기 속 목소리들,

간절한 말들이 꼬불꼬불한 선을 따라 빙빙 맴돌았다.

사람과 사람의 사이가 마치

공중전화 박스의 간격처럼 멀던 시절

오히려 말들은 너무도 가까워서

내가 이어받은 이야기가

또 뒷사람에게 슬며시 전달되던 그때

모두의 고백이 돼버린 이야기가

빨갛게 달아오르기도 하던 때

꽃피는 장미를 보려면 담장으로 가야 하고

파라솔을 보려면 여름 바닷가로 가듯

먼 소식을 확인하려면

수화기가 있는 곳으로 가야 했던 시절

다급한 말, 용건만 간단히로 귀결되던 슬로건

아쉽게 끊은 말엔 거스름돈이 있었다.

파라솔보다 더 많은 여름 바다

장미꽃 송이보다 많은 담장의 시대

고백하지 못하고 지지직거리던 잡음들

밀려가는 파도처럼 맴돌았다.

장미 꽃잎은 여전히 붉고

파라솔의 그늘도 그대론데

기다림이 사라진 사람들

손끝만 분주하게 움직이는 어디쯤

여전히 발신음을 내고 있을 것 같다.

꽃 피는 후생

살았을 적에 그는

꽃 피는 후생이라는 소리를 종종 들었었다.

치하致賀와 분향焚香이 있을 것이라 했다.

현생은 비루할 것이라 했고

고난이 고난을 다독여

끌고 가는 나날일 것이라 했다.

반쯤 핀 꽃이 파르르 떨 때면

눈꺼풀이 덥석 눈동자를 삼켰다.

그날 이후부터

꽃 핀 자리를 유심히 살피기 시작했다.

봄을 기대하기 시작했다.

꽃잎은 잉크처럼 번졌다.

꽃 피기 전에 구질구질한 짐짝으로 발견되었다.

끼니를 놓친 허기로 불려졌다.

가장 낮은 처우로 어느 바닥 한 곳을
숭고하게 파고들어 꽃피우고 있다.

모여든 사람들마다 꽃 핀 이야기만 한다면
피는 일보다 지는 일이 더 의미 있겠지만
후생은 내가 모르는 곳에서 진행된다.
시원한 답 한번 듣지 못하고
꽃이 피었다.

안도하는 저녁

잘못 든 골목은

늘 십이월 윗목 같다.

봄은 멀고 다시 올 것 같지 않아

모든 주인은 점점 구석으로 웅크린다.

허술하게 닫힌 문 안쪽들도

돌아눕는 일이 고작이다.

뒤늦은 후회나

미지근한 등 쪽의 전기장판 같은

왕년의 일들이나 떠올리면 다행이겠다 싶은

골목의 이 집 저 집들.

한 걸음 한 걸음

어둠이 지붕 위로 올라가고 있다.

집 한 칸 변변치 못한 내일을

온몸 덜그럭거리며 왔다.

오히려 창문을 닫은 집들이 이제는 정겹다.

간신히 목을 뺀 연통에서

흰 안도감이 폴폴 새어 나오는 것을 보며

다행이다 싶은 저녁,

끊어질 듯 이어지는 연통의 연기 끝에서

오래 끓은 뒤끝의 눈물 같은

녹슨 물 한 방울 떨어졌다.

미지근한 목덜미를 닦으며

차가운 골목의 저녁을 안도한다.

3부
마른걸레에 대하여

물이 빠져 바짝 마른걸레
누군가 또 다급하게 외치는 목록들 중에
반드시 있는 존재들이다

마른걸레에 대하여

몇 년 동안의 빨랫줄을 거치다 보면

부드러운 옷가지들은 바닥을 닦는 신분이 된다.

신분이야 그렇지만

걸레는 걸레 든 사람을 쉽게 무릎 꿇린다.

한 손을 바닥에 지탱한 채

다른 한 손으로는 움켜쥔

후회의 크기만큼

바닥은 원을 그리며 물러난다.

구석구석 잘 알고 있어서

늘 젖어 있는 신세겠지만

구석들이란 쥐어짜면 비틀어진 채

줄줄 흘러나오는 비밀 같은 곳이다

뭉툭한 밧줄같이

뒤틀려진 채 말라 있는 걸레는

호락호락하지 않다.

뻣뻣하기가 이를 데 없다.

바짝 마른 소똥 같기도 하고

또 닦다 말고 마른걸레는

잔나비가 앉아 놀았다는 버섯 같기도 하다.

그러나 물만 닿으면

이내 고분고분해지는

조울躁鬱 같은 그의 자세는

빨랫줄에서 타던 바람을

아직도 붙잡고 있기 때문일 것이다.

물이 빠져 바짝 마른걸레

누군가 또 다급하게 외치는 목록들 중에

반드시 있는 존재들이다.

무늬들

새의 무늬는

기류와 다툰 흔적이다.

그에 반해 뱀의 무늬는

제 몸을 휘게 하는 자구책이다.

물고기는 여울을 동경하는 표시를

무늬로 삼는다.

나에게는 타인을 본뜬

무늬가 있다.

섭식이 없는 존재들의 무늬

모래의 변곡점엔

방향을 바꾼 바람이 있다.

와이드사이드 뱀과

엇박자로 발을 바꾸는 사막 도마뱀은

모래의 무늬를 길이라 생각한다.

봄날은 십 분 늦은 무늬를 갖고 있어

늘 길에서 서성이게 한다.

혼란스러운 선택엔 놓친 무늬들이 있다.

어쩔 수 없었다고 말하겠지만

당신의 무늬가 가장 아름답다.

아침 햇살에 한 코를 꿰려고

엉킨 실타래를 풀 때

무늬가 날 닮아 간다.

칼의 상점

내가 아는 칼의 상점이 있다.

비슷한 모양의 이파리들이 살煞을 겨눈다.

바람이 바뀔 때마다 이가 갈리고

후덥지근한 여름 습기에 녹슨다.

수천 자루의 칼들이 벌이는 전쟁터에선

칼 부딪는 소리가 대숲의 소리를 닮았다고 한다.

칼은 파릇한 소리를 띤다.

심장을 찾아가는 소리다.

낭떠러지로 푸른 원혼을 떨구는 소리

칼은 꽃이 피면 둘 중 하나는 말라 죽는다 한다.

말라 죽은 칼은

스산한 회한을 풀어놓듯

서걱서걱 소리로만 산다고 한다.

온통 날이 새파란 양날의 칼

대밭은 전쟁의 승패가 갈리는 곳

전열을 가다듬은 한쪽에서 바람몰이하면

휘어진 반격의 움츠림이 휘청 솟아오른다.

요충지라 불리는 곳엔

수천수만의 뼈가 묻혀있고

마른 바람이 서식하고 있다.

대밭은 거대한 무덤

시퍼런 진열만 가득한

칼의 상점이 또 우후죽순 돋는다.

새고 있다

사실, 사람의 몸은
시도 때도 없이 줄줄 새고 있다.
숨이 새고 온갖 배설물들이 샌다.
자칫, 막히면 죽는다.

사실, 사람의 몸속엔
흘러 다니는 끈 하나가 있다고 한다.
가끔 그 끈을 찾는 사람들도 있지만
대부분의 사람은 스스로 찾지 못한다.
새어 나오려는 것들을 방치하면
결국엔 터져 나오는 것들이 된다.
어떤 질긴 끈도 그것들을 막을 순 없다.
존재 자체가 끈인 식물들은
나무를 휘감거나 저희끼리 엉키지만
사람 속에서 사람이 새고 있는 것은
어떤 희학으로도 막지 못한다.

새어 나오지 않은 사람들,

질긴 끈이 되어 인류를 지탱해왔다.

사람이 사람을 떠날 때

누구나 그 속에 끈 하나를 넣어둔다.

무수한 배설물들이 흘러나갔지만

하루하루 버티는 끈은 팽팽했다.

결국 사람을 묶는 것은

흘러 다니는 끈,

그 끈뿐이다.

오드아이

한낮은 찡그리는 이맛살과
경계의 눈초리가 들어있다.
붉은 눈동자와 흰 눈동자가
교차하며 얼굴을 지나간다.

사람들과 온갖 동물들도
알고 보면 밤낮을 견디는 오드아이들
눈동자에 선명한 하이힐 소리가
또각또각 지나간다.
한밤의 눈엔 태양의 그림자가 있고
늦은 귀가와 가로등이 있는 골목
한밤을 꼬박 지키고 선 달무리와
올빼미의 눈동자가 있다.

고양이의 눈 속엔
해와 달이 동시에 떠 있다.

돌고 돈다는 것은 기형

각기 다른 눈알을 찾으려고

영원히 돌고 있는 지구는, 달은

어느 쪽으로 울거나 웃을까.

깜박거리는 눈 속에는

아이들이 있는 거리와 어른들만 있는 거리

햇빛 속을 걷는 사람들과

달무리를 따라 밤을 쓸고 가는 사람들

양쪽의 다른 시력으로 나뉘는

먹이사슬이 번뜩인다.

두 가지 색

여러 색깔이 필요 없죠

단 두 가지 색깔만 있으면 공방이 이루어지고

떫고 달콤하다는 과정이 일어나죠

비슷한 색들은 다 한통속이니

확연하게 드러나는 두 색이

하나씩 나누어 갖는 거죠

마음에 안 들어도 어쩔 수 없죠

원하는 색을 꿈꾸고 태어나는 사람은 없어요

태어나 보니 세상 모든 색은

두 가지로 정리될 뿐이죠

재빠른 사람이 재빠른 색깔을 집어 들면

늦었겠지만 누군가는 늦은 색깔을

집어 들어야 하죠

전지전능한 두 가지 색

가령 흰색은 눈사람이 되고

빨간색은 굴뚝을 무단 침입할 수 있죠

극단적인 두 가지 색은

섞이지 않으면서도 어우러지는 것이 묘미죠

꼭 둘 중 하나를 고를 필요는 없는데

언젠가는 꼭 하나를 고르게 되죠

어쩌면 두 색 중 하나가 이미

나를 골랐는지도 모르죠

틀어진 집

틀어진 집은

틀어진 방향이 원인일까

한 사람이 틀어지고 집의 곳곳은

그때부터 불편한 동거를 시작한다.

반듯한 침대가 그립고

평평한 바닥이 그립고

포근한 잠자리와 한가한 꿈이 그립다.

사람이 틀어진 이유에는

틀어진 순간이 분명 있다.

잠깐 한눈을 판 순간이 있고

놓친 언쟁이 있고

틀어진 짧은 봄날과 졸음이 있다.

하늘이 삐쩍 마르고

뒤틀린 햇살을 뿌린다.

틀어진 집을 다시 짓는다는 말은 없다

다만 틀어진 것들의

주인이 되는 방법이 있을 뿐이고

집이 점점 더 뒤틀린다.

반대 방향으로 틀어보고 싶다고

뒤척이고 기지개를 켜 봐도

집은 그 집안마저 꼬여간다.

뒤틀린 집에 뒤틀리게 앉아있다.

모든 방법과 결과는 다

뒤틀린 것들과 다르지 않다.

균열과 틈

균열이 세로의 문제라면

틈은 가로의 문제,

무게와 넓이의 문제다.

또 균열은 갔다, 라고 하고

틈은 벌어졌다, 라고 한다.

짓눌려 사방으로 흩어지는 존재들과

지그시 감은 관음의 눈빛 같은 존재들

균열이 너의 몫이 아니라면

틈도 나의 몫이 아니다.

계절의 몫, 지구의 지루한 노동의 일부

집요한 햇살의 추파 같은 흙의 생산을 독려하는 틈.

간격과 소음이 공전하는 틈에는

움직이는 소리들이 들어있다.

봄에 가장 많은 종류의 틈이 생긴다. 그렇다면, 자벌레가 기어가듯 저의 몸을 휘며 뱀이 수풀에 들 듯 이쪽에서 저쪽으로 간 흔적, 칡넝쿨이 절개지를 뚫고 내려트린 뿌리, 잔반 처리하듯 덤핑으로 길에 뿌려진 헌 책들이 균열이라 한다면 세상의 실개천들, 철길들, 오솔길들, 새로 포장한 아스팔트 길은 다 무거운 것들을 옮기는 틈의 존재들

누우면 틈이 발견되고
서면 균열이 자주 보이는 봄
서서 간다.
이번 생은 망했다고
무덤덤한 망조를 위해 간다.

좌표

길을 잃고 나서 알았다.
오로지 내가 미로였다는 것과
내가 유일한 좌표라는 것.

길은 올라갈 때보다 내려올 때 더 잘 잃는다고
사람의 흔적이 살짝 벗어난 곳을 조심하라고 했다.
하루쯤 산속을 헤맸다면 무덤을 찾으라 했다.
무덤은 산 사람과 연결되어 있고
산 사람의 마을에 붙어있다고 했다.

또 나무의 역방향에
사람의 마을이 있다고 했다.
나무들은 마을로부터 멀리멀리 도망치는 존재들
흰 연기와 대들보와
미닫이문을 생각하면
마을에서 멀어지는 나무들의

이유를 알 수 있다.

고가 밑을 지날 때마다
원점을 초기화하고 다시 좌표를 묻는다.
우리는 늘 시간 앞에 서 있고
시간의 답만 한다.
어디쯤 서 있는 줄도 모르고
어느 곳이 원점인지도 모르면서.

바닥들

바닥들은 다양하다.
그 바닥에 씨를 뿌리면
흔들리는 바람을 볼 수 있고
봄의 끝, 여름의 끝을 볼 수 있다.

바닥 하나를 오래 갖고 있으면
언젠가는 그 낮은 곳으로
물줄기 하나가 흘러갈 것이고
무거운 것들의 쉼터가 된다.
건망증이 심한 사람이라면
바닥이 타는 냄새를 맡게 될 것이고
그 바닥 위에서 물이 끓고
바닥을 먹고 바람에 눕고 다시
일어서게 되는 것이다

끝끝내 그 바닥을 지키려 한 사람들과

무슨 수를 써서라도

몇 평 바닥을 장만하려는 사람들

집을 짓고 가족을 앉히려는

소박과 겸손한 처지들의 진원지인

바닥들,

흙 한 줌 움켜쥐고

손가락 사이로 스르륵

새어 나오는 흙을 보면서

아빠보다 잘 살 거라는 점괘

갈라진 바닥을 밤새 또

끌어안고 잤던 바닥의 어느 날.

미쳐간다

감정은 악기의 울림통
밖으로 나서려는 말들이 조율된다.
말에 묶인 손발이 머뭇거리고
손발에 묶인 혈관이 끓어오른다.
발에서 시작된 발굽의 분노가 온몸의 혈관을 돈다.
폭우의 주기처럼 출렁거린다.
입이 움찔하거나 주먹에 불끈 힘이 들어가는
격렬한 너울, 꼬리는 지맥^{遲脈}을 갖고 있어 결국
모든 속도는 꼬리에 다다라 느려진다.
풀어진 현에서는 거친 손끝의 후회만 울렸다.

우리는 불끈 쥔 주먹으로 폭주하고
심호흡으로 제동한다.
피는 수시로 바뀌는 현
1번 줄이 6번 줄이 되기까지
미친 노래를 참거나 불러 제껴야 한다는 것.

이 길고 긴 피의 거리를 반복하다

스스로 지쳐 멈출 때까지

핏줄로 온몸을 조율해야 한다는 것.

내 피의 속도로 당신의 피돌기를 맞춘다.

약속이나 한 듯 같은 질문을 하고, 같은 웃음을 짓고,

팽팽하게 당기거나 축 늘어트리게 펙^{peg}*을 돌린다.

아주 팽팽한 음 속에 나를 가두거나

깊은 저음 속에 빠트리려는 사람들.

끊어질 듯 가늘어진 혈관이 피의 절규를 한다.

난폭한 음악이 혈관에서 끓는다.

미친 듯, 텅 빈 울림통 안에서

현을 찾아 맴돈다.

* 줄감개, 기타 목부분에 있는 레버로 줄을 조율할 때 사용한다

방

어떤 이야기 끝에
가슴이 쿵 내려앉습니다.
마음에 방 하나가
문을 닫고 돌아서는 소리입니다.
열쇠를 잃어버린 방도 무수히 많습니다.

오른쪽 방이었는지 아니면
왼쪽 방이었는지 가물가물합니다.
더 늦기 전에 열어보려고 하는데
손잡이들은 딴짓만 합니다.

느닷없이 벌컥 열리는 문엔
그때마다 부끄러운 일이 생깁니다.
모닥불을 피우는 방과
설산의 정상 같은 방
또 어느 방은 모래바람이 가득합니다.

음지들은 두런두런하고

양지에서는 소풍날 아침같이 들뜹니다.

방을 만들고 그때그때를 가두어둡니다.

솔직히 관리하기 힘듭니다.

할 수만 있다면

빨간 사과에게 주고

세상의 저울들, 눈금이나 바늘들에 주고 싶습니다.

상속이 불가능합니다.

세를 놓을 수도 없는

아직 열어보지 못한 방은

또 얼마나 많습니까.

딸각 방문을 열고 들어서는 일

무수한 방을 생각하는 시간입니다.

4부

발목의 계층

거대한 무게들과 등짐들이 태연하게 기다리는 날들을
걷는 발목의 계층인 나의
오늘의 걸음이 어제치를 또 갱신했다

발목의 계층

발목이 아픈 사람이
하루를 쉰다, 쉬는 내내
발목에서는 욱신거리는 일기예보가
등줄기에서는 미끄러지는 강수량이 누적되었다.

자신이 자신의 짐이 된다는 사실을 알게 될 때쯤이면
발목은 도망칠 궁리를 할 것이다.

나귀는 발목이 아플 때
절뚝거린다, 절뚝거리며 쉰다.
갈 때라는 말과 올 때라는 말 중
어느 쪽 말에는 가끔 짐이 없을 때도 있지만
등짐이 휘청, 들어간 발목
헛디딘 저의 몸이 삐끗, 들어간
두 발목은 계층이 다르다.
발목이 없는 꽃들, 등짐이 없는 뱀들

너무 발이 많아 어떤 발목이 아픈지
찾아내지 못하는 다족류들

　맨발로 지구를 돌던 인류가 대지를 차지하고 말과
관습을 바꾸어놓은 것도 다 발목의 고통 때문은 아닐
까. 저의 몸을 버티지 못하고 멸망한 존재들이 있지만
편자를 갈듯 신발을 갈아 신어도 온전히 무게를 버티
고 서야 하는 발목. 인간에게 주어진 원죄는 오로지 발
목의 몫이었다.

방바닥에 누워 발목을 쉬는 사람
빈 등으로 발목을 쉬는 나귀
거대한 무게들과 등짐들이 태연하게 기다리는 날들을
걷는 발목의 계층인 나의
오늘의 걸음이 어제치를 또 갱신했다.

나머지를 가져 본 적이 없다

녹여 먹던 사탕을 와작 깨물 때

나머지라는 말이 깨졌다.

나머지라는 것, 끝까지 녹여 먹거나

주머니 속에 넣고 다닌 일이 없다.

나머지들은 어디에 있는가.

풍족과 충족을 아무리 뒤져도

찾을 수 없는 나머지 것들.

딱 맞았던 것도 없는데

미루어 놓은 것들도 없었는데

나머지를 가져 본 적이 없다.

너무 큰 수로 나누어 나머지가 없다고 생각한다면

너무 빨리 계산해 버린 것이거나

너무 빠르게 계산한 것이다.

나눗셈을 배운 후로 사소한 것들을 다 나누었다.

계산된 몫으로만 살아가는 줄 알았다.

나머지는 버려지거나

소수점 아래 1도 안 되는 값으로 바둥거리는 것들,

늘 나머지만으로 살았다는 것을 알았다.

어떤 일이든 끝에 닿지 못할 때

앞뒤가 꽉 막힌 벽 같을 때

나머지라는 말속에는 봄꽃들이 피고

여유로 걷어 올린 팔목 같은 것들이

한가롭게 들어있다.

북극곰이 녹는다

빙하에는 오래된 지구의 날들과 셰르파의 루트가 꽁꽁 얼어있다.

떨어져 나간 빙하는 오래전 동사한 어느 죽음의 정상 근처였다. 윙윙거렸던 폭설의 관棺이었다. 빙하에선 진화 이전의 몇 마리 물개와 고래의 내장과 야생으로 열리던 베리가 흘러내린다. 눈꽃은 이제 얼지 않고 녹아내리는 빙하는 가라앉지 않는다.

빙하에는 흰털과 발톱과 배고픈 여름이 있다. 쇄빙선을 막아서던 빙하는 다 녹았다. 새끼를 밴 겨울만이 겨울잠을 잤었지만 이제는 녹아내리는 빙하마다 여름잠을 재워야 한다. 모기를 피해 북쪽으로 이동하는 순록의 무리가 있고 사람을 피해 흩어져 내려오는 유빙 조각들이 있다. 그것들의 개체 수는 나날이 늘어날 것이다.

먼 항해에는 섬이 없고 하염없이 떠돌다 익사하는
유빙들, 마을을 돌아다니는, 붉은 모닥불의 흔적을 떠
나지 못하는 배고픈 유빙들, 이곳에서 불의 뒤끝은 검
은색이 아니다. 만찬의 뒤끝에는 살과 피와 생명이었
던 것들의 냄새만 남아있다. 다 타고 남은 뼈와 타고 남
은 붉은 잿더미를 바라본다.

나무는 새를 찾아 올라왔다. 새와 해어진 종種일까
우연히 불과 만나 인간이 되었다면 이제 마을은 녹는
일만 남았다.

빙하가 녹아든 마을마다 집이 기운다. 기울어진 집
에 둘러싸인 지구는 기우뚱, 반쪽이 된다. 얼음 한 덩이
가 코끝에서 비린내를 풍긴다. 멀찍이 선 빙하가 결국
의 끝을 향해 비척비척 걸어간다.

꼬리들

온통 하얀 꼬리들이다
산과 들판은 물론
바람 밑, 어디라도 꼬리들이 살랑거린다.
바람 속에다 날개를 두고
풀씨들은 난다.
착지는 더 이상 규정이 아니다
어느 곳이라도 바람이 제풀에 지친 곳이라면
그곳이 꼬리를 내려놓을 곳이다.

식물들 들판들 알고 보면 꼬리로 연명한다.
꼬리에 온갖 씨앗을 달아놓고
살랑살랑 여물게 한다.
새들을 꼬여내려 흔들다가도
바람 꼬리에 흔들거린다.
가을 천지가 반갑다는 듯 꼬리를 친다.
꼬리와 꼬리 풀밭을 뛰어놀다 온 개의 코끝과

꼬리에 온갖 풀씨들이 붙어있다.

주인이 하는 일이란

그 풀씨가 싹이 나기 전에 골라내는 일

골라낸 풀씨를 내 몸에 붙이는 일

그 싹을 틔워 바람을 느끼는 일이다

늦은 가을의 꽁무니,

막차라고 여겼는지

허겁지겁 올라탄 표정들이다.

실로 뜬 옷

실은 풀어질 때와 짤 때 중
어느 쪽이 오래 걸릴까요.
그건 동그라미 하나가 뭉쳐지고
사르르 아픈 배로 풀어지는 시간입니다.

실은 참 길지만
한순간 뚝 끊어집니다.

뭉쳐진 동그라미에서 침묵을 풀어냅니다.
스웨터 하나를 짜는 동안은 태양 하나를 푼 시간과
동일합니다.
뜨거운 실은 자주 엉키고
찬 실은 빗줄기가 되기도 합니다.

응급실 침대에서 숨이 멎은 실타래를
풀어내야 하는 일은 끔찍합니다.
"아기가 잠깐 숨은 걸 거야"

태양도 구름 뒤에 자주 숨듯이 말입니다.

주삿바늘 끝에 실을 꿰고

뼈와 뼈들을 깁기를 바라는 마음

그늘을 뒤적여 실의 끝을 찾아놓고 보니 폭설,

폭설은 또 어떤 옷에서 풀어낸 실뭉치일까요

더 이상 풀어낼 실이 없을 것 같은데

그때처럼 꽃잎을 토하고 바람과 햇살을 토해냅니다.

사람들은 저마다 동글동글하게 뭉쳐있고

어디를 보아도 실밥을 찾을 수 없었습니다.

그악스럽게 엉킨 뭉치에도 끝점이 있고

끝점은 곧 시작점이 되고

어느 것을 잡아당겨도 스르르 풀어질 것이지만

똑, 끊어진 실밥마다

송곳니들이 묻어 있는 것을 봅니다.

표정들

말 없는 사람의 표정에서
가끔 낯익은 표정을 만나곤 한다.
힐끗, 그 표정이 나를 볼 때
나는 또 재빨리 고개를 돌린다.

애써 버리려 했던 것을
다시 줍고 싶지는 않다.

비슷한 표정을 돌려쓰는 사이들
언젠가 내가 빌려준 그 표정이
돌아오지 않고 오히려 나를 살필 때
표정을 도둑맞은 기분이랄까
내 표정을 가져간 그도
아쉽고 서운한 표정들을 자주 빼앗겼을까.

표정들은 스스로 문맹이 되려 했을지도 모른다.

몇 개의 표정들을 주고받으며

점점 고립된 입을 가지려 했을 것이다.

말의 끝에서 얼굴이 어리둥절해지는 일이 잦다

유능한 스카우트처럼 다양한 표정을

확보하고 있는 사람들이 있다.

화폐처럼 표정을 낭비하는 사람도 있다.

돌아온다는 사실을 잊은 채

무책임하게 던진 표정들이 아프다.

반짝 웃는 표정 하나 훔치려고

오랫동안 흘겨보는 중이다.

끝을 살피다

끝은 대부분 흐릿하다.

그건 하루가 두 번으로 나누어지면서

만나는 합류 지점이다.

알게 모르게 경계를 넘는 일

침묵을 인계하는 일일지도 모른다.

여름 동안 너무 오래 열려있는 동안

다 잃어버리는 나뭇가지의 끝

두 번 다시 열리치 않겠다는 듯

닫힌 끝들이 겨울을 나는 동안

다시 끝을 파랗게 여는 것은

다시 잃어버려야만 하는 목적이 저 끝 속에는 있다.

문이 흐릿하다.

오른손잡이가 여는 문을 왼손잡이가 닫는다.

문고리는 왜 한쪽으로 치우쳐 있어

사람들을 한쪽으로만 내모는 일처럼

나무들의 끝은 너무 많다.

공중으로 틈을 내거나

꽃피어 깨트리는 나무들의 끝은

사실, 한 번도 끝난 적이 없다.

시작점은 언제나 흔들거린다.

그 흔들림이 빠져나간 자리가 도착점이 되고

도착점은 어정쩡한 발걸음들의 종점이 된다.

끝점을 밟고 뒤돌아서면

다시 시작점이 되는 나무들의 끝

날카로운 끝점들의 행렬이 박힌 하늘을 도려내고

도려낸 자리엔 밤마다 별들이 모이고

알 수 없다던 우주의 끝은

다시 나뭇가지에 갇히는 것이다.

원에 대한 정의

개에 목줄을 채워 산책을 간다.
아스팔트를 밟고 가는 나와 개는
지구를 굴리며 가는 중이다.
내가 정지한 곳에서
나는 기둥이 된다.
기둥은 새로운 세상의 중심이 되고
팽이의 심이 되어 돌아간다.
검고 단단한 아스팔트가 우주의 밤하늘이라면
하얀 털을 가진 너는 샛별이 되는 것이다.

개의 목까지 거리를 잰다.
벗어나려 하는 개와
더 이상 허락할 수 없는 거리는 반지름
굴레를 맴도는 발자국들의 자전과 공전을
원이라 한다.

줄에 묶인 위성 하나가

지구 위를 돈다.
그럴 때마다 나는 원심력에 묶이고
낑낑거리는 개의 둘레를 돈다.
개는 지구를 꽁꽁 묶을 수도 있다.
척추가 휘청거리도록
별은 밤하늘을 맴돈다.
거친 숨을 몰아쉬는 지구와 그 숨을 받아먹는 나는
점점 한 곳으로 기운다.

나는 움직일 수 없는 정점이 되어야 한다.
헐떡이며 끌고 가는 숨소리를 당긴다.
시퍼렇게 선 칼날을 서로 겨누는 밤
나의 울타리를 벗어날 수 없는 개와
그 줄에 스스로 묶어버린 나
달무리처럼 지상 위를 맴돌다
우주의 한 소실점이 되어버린다.

길을 교체하다

높은 철탑을 오르는 남자들을 한참 동안 서서 바라
본다.

손과 발을 주거니 받거니 쉴 새 없이 움직이는 것으
로 보아

타협까지는 험난한 길일 것이다.

철탑을 기어오르는 땅의 노동법

수평을 가로질러 수직을 꿈꾸는 동점洞點 하나

끝까지 올라간 남자는 어떤 신호를 고치고 있을까.

보이지 않는 노선, 공중 국경을 가로지르는

긴 전파와 산산이 부서진 기계음들을 몰고

잡음처럼 날아가는 철없는 새들.

먼지들의 밀입국, 길은 끝없이 정체되고

속도가 나지 않는 길에서

속도를 줄이라는 표지판들

폐쇄된 공중의 길에서 과열된 깃털

내려앉아 쉬고 있는 저 얼어버린 땅.

섬광을 꿈꾸며 쏘아 올린 나무들의 숲 끝에서

산산이 부서지는 햇살

나를 더듬는 무언가가 고장 난 정체들을

추수하듯 떼어내고 있다

사과의 채굴

한 입 베어 먹고 잊은 사과에

개미 떼가 붙어있다.

뜨거운 햇살이었다.

하얀 속살을

침이 흐르도록 베어 문 기억이 선명하다.

그새 사과는 꽤 많은 양의 채굴을 당한 듯 헐렁해졌다.

한쪽 무게를 잃은 지구 내부의

표본 같은 모습이다

사과는 얇은 껍질에 둘러싸인

달콤하고 신맛 나는 지층

햇볕의 각도를 재는 시시각각의 각도기쯤 될 것이다.

아직 익지 않은 파란 쪽은

햇살을 피해 숨은 달의 뒷면 같은 곳이다.

끝까지 먹어 치우지 못한 것들엔

저렇게 검은색이 묻는다.

껍질이 허물었으면

그 알맹이를 남기지 말 일이다.

사과는 여름 내내 태양을 채굴한다.

그 일로 태양은 가끔 흐린 날이 되기도 한다.

그런 사과를 채굴하는

잡식의 존재들이 있다.

엇갈리는 일

옛날, 중심이 없던 우리 마을은
교차로가 생기면서 중심이 생겼다.
샛길로 몸을 숨기며 다녔던 사람들은
교차로가 생기면서 곧게 걸을 수 있었다.
사방에서 동서남북을 골라내거나
어디에서라도 이쪽저쪽을
당당하게 가리킬 수 있게 되었다.

길은 엇갈리면서 평온했다.
교차점을 보고 바구니를 엮거나
바람벽을 세우기도 했다.
땅따먹기를 하던 운동장 귀퉁이가 마을을
하나둘 따먹어가는 중에도
울음과 웃음소리들은 서로 엇갈렸다.
만약, 엇갈리는 일이 없었다면
보아지는 것도 모아지는 것도 없었을 것이다

물고기의 천적이 그물이 되는 일도

내 할아버지가 평생을 헤맨

바둑판도 모두가 엇갈리는 일들

교차로는 계속해서 뻗어 나갈 것이며

큰 일 작은 일을 꼬고 엮으며

낙오되는 이 없는 연좌의 방식으로 묶어가며

아직도 진행 중이다.

반음 높은 샵[#]을 무수히 나열하며

오늘 하루도 엮이고 있다.

이치^{理致}를 여행하는 히치하이커 hitchhiker

박 해 람 (시인)

충돌은 반드시 파편을 만들게 되어 있고
파편은 새로운 존재의 체득으로 이어진다

이치^{理致}를 여행하는 히치하이커^{hitchhiker}

박 해 람 (시인)

1 -살피는 자의 눈

이도훈 시인의 시를 말하려면 적어도 두 가지 이 상을 전제해야만 한다. "이치(理致)와 요한 하위징아 (Johan Huizinga)가 주장한 "놀이의 방식"이다. 이치란 사물의 정당하고 당연한 도리이다. 이치에는 현재와 미래와 또 아득한 과거가 공존한다. 아무렇지 않게 굴 러다니는 돌멩이 하나에도 인간이 다가갈 수 없는 시 간의 순서가 집약되어 있다. 과거와 미래는 만날 수 없 는 영역이지만 연결성을 갖는다. 서로의 본형과 변형 들이다. 맨 처음의 돌엔 부드러움이란 없었다. 구르고 구른 돌은 모난 곳이 없는 미래가 된다. 과거이자 미래 가 현재라는 시간으로 인간에게 닿을 때 이치는 발현 된다. 이도훈 시인의 시들은 대부분 이 "이치"를 살핀 다.

"하위징아"는 인간을 호모루덴스(Homo Ludens)라고 명명했다. 인간을 놀이하는 동물이라고 정의한 것이다. 1938년에 출간한 『호모 루덴스』에서 놀이는 문화의 요소가 아니라 주장했다. 문화 그 자체가 놀이의 성격을 가지고 있다고 역설했다. 대부분의 직업 중엔 놀이를 기반으로 한 일들이 많다. 가령, 스포츠선수들이나 게임을 직업으로 하는 사람들이 그 예이다. 그중 시인이라는 직업이야말로 언어의 형식 놀이를 즐기다 못해 고통의 정점까지 끌고 들어가는 일이 다반사다. 구도(求道)적 자세까지는 아니더라도 사물과 관계성의 요소에 다가가는 방식은 거의 구도에 가깝다. 그러나 고통이 수반되는 작업을 유지하려면 자신만의 놀이적 방식이 시편들에 동반되어야 한다.

이 두 가지 방식으로 바라본 이도훈의 시는 다분히 히치하이커적인 요소들을 갖추었다.

한 사람이 죽었고 법의학자들은
그의 사인死因을 알아내기 위해
부검을 했다.
먼저 바쁘게 오르내린 계단이 줄줄이 달려

나왔다.

몇 바퀴인지 기억도 안 나지만

지구를 돌고도 남는다는 혈관엔 무수한

정차역들이 가다 서다를 반복하고 있었다.

더 울리지 않을 휴대폰에서는

남은 문자들이 재잘거렸고

생전에 찍은 사진들은 모두 뒷모습이었다.

몇 개의 청약통장과

돌려막기에 사용된 듯한 카드와

청첩장과 부의 봉투가 구깃구깃 들어있었다.

그중 몇 건의 여행계획서가 나왔고

퇴근길에 쭈그려 앉아 쓰다듬는

고양이 한 마리와 찰칵찰칵

열고 닫았을 열쇠 소리도 들어있었다.

읽다 만 책들의 뒷부분은

다 백지상태였다.

사람들 몰래 지구는 자주 기우뚱거렸고

그럴 때마다 사람들은 계획을 쏟거나

계획에서 쏟아졌다.

오늘은 순환선에서 내려

애벌레의 마음으로 길고 긴 한숨을

느릿느릿 기어가 보고 싶은 것이다.

-「순환선」 전문

일생이 일상을 끌고 가는가 아니면 일상이 일생을 끌고 가는, 참 어려운 난제다. 일생이란 개인의 영역으로 유한하지만 일상은 여전히 남아 지구를 따라 돌고 또 돈다. 그러므로 모든 존재의 사인(死因)은 일상이 주범이다. 그건, 인간이 공기를 마시는 일로 살지만 공기 속에 포함된 활성산소가 인간의 몸을 늙게 하고 결국엔 죽음에 이르게 하는 일과 일맥상통한다. "공기 덕분에 살지만 공기 때문에 죽는다"라고 말한 이는 바로 바슐라르(Bachelard)다.

여기 「순환선」엔 지금껏 설명한 명제들이 다분히 녹아들어 있다. 이 지독한 무한궤도에 들어선 일생의 일상을 여행하는 일로 시인의 시적 방식은 시작된다. 한 사람이 죽고 법의학자들이 내놓은 사인은 생전에 지나친 **"계단"**과 **"고양이"**와 **"가다 서다를 반복하는 정차역들"**이라고 말한다. 인류가 먹거리를 찾는 시간에서 벗어나 겨우 얻은 것이라곤 과로다. 과로는 초

보적인 상태와 능숙을 가리지 않는다. 사회는 초보와
숙련된 존재를 동시에 필요로 한다. 또 인간의 계획이
독자적으로 발현되는 것은 더더욱 아니어서 한 가지
의 계획엔 여러 가지의 과정과 조건이 연결되어 있다.
그러한 조건과 계획들은 온순한 사이가 아니다. 사나
운 조건을 설득해서 계획으로 만든 다음 그것을 목표
로 살아가는 것이 인간의 표본적 삶이다. 한 사람이 죽
은 일을 "순환" 영역을 살펴 진술하는 시는 결론적 사
인(死因)을 수용하는 자세를 취하지 않는다. 결론에 도
달하기까지 과거와 미래를 가리지 않고 방문한다. 과
로사한 한 사람의 사인을 찾는 일은 평소의 행적을 살
피는 것이다.

2 - 無形

　무형은 무수한 것들의 바탕인 동시에 대칭과 규
격의 본질이다. 이도훈 시인의 시에는 무형과 유형의
자리바꿈이 빈번하게 이루어진다. 그것은 어느 한 유
형을 다루기보다는 결집된 유형을 지나 이후와 이전이
횡횡하는 단계에까지 이른다는 말이다. 이미지들은 제

자리에 있지 않지만 어긋나거나 이질적인 느낌이 들지
않는다.

　　　　가끔 배는 등의 힘으로

　　　　버티고 있다는 생각이 든다.

　　　　날카로운 면으로 자르는 칼은

　　　　사실 칼등의 힘으로 두 동강을 얻는다.

　　　　쉽게 나누어진 것은 칼날만 보았겠지만

　　　　시퍼런 칼날을 품고 버틴 것들은

　　　　칼등을 볼 수 있었을 것,

　　　　갈라진다는 것은 쉽게 나누어지는 족속들

　　　　어쩜, 날카로운 칼날이 아니어도

　　　　칼등의 위협으로 분열하는

　　　　세포와 같은 것.

　　　　우리는 칼등에 앉아 있는,

　　　　칼날 쪽으로 옮겨가지 않으려고 발버둥 치

는 존재들

　　　　결정짓는 것은 칼날이지만

　　　　선뜻 칼날에 설 수 없는 시야視野 같은 것.

　　　　쉽게 얻어지는 답들을 보며

등을 다시 한번 갈아가는 것.

등 뒤를 넘겨보던 호기심이

근심스레 연명해가는 줄타기 같은 것.

칼날이란

칼등의 비스듬한 양보이고

늘 칼날 쪽으로 미끄러지는 중이다.

　모래가 비스듬한 해안을 따라 미끄러지고

쌓이듯,

　잘 여문 바람이 늦가을 매달린 것들을 옮겨

다니듯,

　날카로운 결정 쪽으로 흘러내리고 있는 중

이다

등을 밀어 올리는 배부른 질문들은

배고픈 답을 얻지 못할 것이다.

- 「칼등」 전문

　앞과 뒤라는 곳들은 모두 한 몸에 붙어 있다. 누구
라도 칼을 이야기할 때에는 칼날에 집중하겠지만 시인
은 칼의 등을 이야기한다. 사실, 이러한 진술 방식은 지

극하게도 오래되어 왔고 흔하디흔한 방식이다. 그러
나 흔하고 오래된 것에는 애용하는 층이 또 많다. 칼을
갈다 보면 날은 점점 칼등 쪽으로 밀려 들어온다. 날이
앞으로 나아가는 진행성이라면 그 나아가는 방향으로
뒷걸음질 치는 날의 배후를 볼 수 있다. 뒷걸음치면서
결국에는 사라진다. 칼등은 그런 곳이다. 그러니 이러
한 진술의 종착에 흔하고 오래된 방식이 무슨 소용인
가. 방식은 그저 방식일 뿐이지만 일련의 진술 방식을
통해 아무도 다가가지 못한 이면의 사유에 도달할 수
있다면 더 이상 진술의 방식을 놓고 따질 문제는 아니
지 싶다. 시인이 보는 것에는 이미 규정지어진 형체가
없다. 그러니 무형에서도 유형을 찾는 것이고 유형에
선 그 반대로 무형을 발견하기도 하는 것이다. 또 무형
엔 유형의 상극이 이미 존재한다. 이때 아이러니(irony)
가 발생한다. 모호하고 부조화적인 파편이 발생한다.
그러니 무형이야말로 미학적(美學的) 근거가 득세하는
형국(形局)이다. "가끔 배는 등의 힘으로/ 버티고 있다
는 생각이 든다." 인체학적으로도 근거가 있는 진술이
고 이미지차용법적으로도 합당한 진술이다. 등과 배는
앞서도 말했듯이 상극적 배치로 이루어진 부위들이다.
그러나 상극(相剋)의 협조 없이는 어떤 순리도 이루어

지지 않는다는 이치를 단 두 집약적인 명제로 말하고 있다. 아이러니가 이렇게 절친할 수 있다는 것을 보여주고 있다. 칼날을 품고 있었던 것은 칼등이 아니라 그 칼날을 품고 있던 일련의 각오나 벼르고 있는 마음이었던 것이다. "우리는 칼등에 앉아 있는,/ 칼날 쪽으로 **옮겨가지 않으려고 발버둥 치는 존재들**" 칼등은 칼날처럼 날카로운 면을 하고 있지는 않지만 언젠가는 칼등도 다만, 칼날로 닳아 사라진다.

3 –랑그와 파롤(Langue & Parole)

이 오래되고 다분한 철학적 명제를 다시 환기시켜야 할 때가 있다. 아니, 많다. 언어는 분방한 사고의 제약을 위한 도구인가 아니면 언어가 갖추고 있는 규범을 파괴하는 분방을 독려는 도구인가. 이미 대부분의 언어는 괄호 밖과 괄호 안에 있을 때의 의미가 달라진 지 오래다. "새의 무늬는/ 기류와 다툰 흔적이다./ 그에 반해 뱀의 무늬는 제 몸을 휘게 하는 자구책이다./ 물고기는 여울을 동경하는 표시를/ 무늬로 삼는다./ 나에게는 타인을 본뜬 무늬가 있다." 진화의 역

사엔 이유 없는 무늬도 색깔도 없다. 단순한 무늬라 생각하겠지만 그 무늬(괄호) 속엔 오랜 세월에 걸쳐 얻어낸 보호색들이 있다. 또 기류에 이리저리 맞춰진 한 벌인 셈이다. 뱀은 제 무늬에 굴절을 맡겨 두고 자유로이 휜다. 이런 것은 괄호 안쪽으로 취급받지 않더라도 이미 중첩된 이미지와 이치가 있다. 유독 사람만이 별다른 무늬 없이 잘 숨고 잘 속인다. 고작 할 수 있는 일이라곤 타인을 본떠서 자신을 치장하는 일인 것이다. 이도훈 시인은 랑그(규범-Langue)와 파롤(행동-(Parole)이 행동한 흔적을 고찰하고 행동의 흔적을 무늬로 인식한다. 이도훈 시인의 시는 언어학적인 방법론을 차용하여 쓴 「무늬들」이다. 또 "봄날은 십 분 늦은 무늬를 갖고 있어/ 늘 길에서 서성이게 한다." 귀결되는 철학적 사유가 맞춤하다.

4 −양가감정(兩家感情, ambiva lence)

대부분의 아름다운 장면들이란 두 가지 이상의 이미지들이 충돌했을 때의 그 파편이나 현상들이다. 그렇지만 두 가지 이상의 감정들이란 외부보다는 내부에 존재할 확률이 훨씬 높다. 외부로는 파편으로 분출되지만 내부에서는 갈등적 현상이나 "애증"의 방식으로 존재한다. 이는 이도훈 시인의 시에서 빈번하게 일어나고 있는 현상이다. 빈번하다는 것은 이미 이러한 일련의 현상을 일반적으로 겪고 있다는 뜻도 된다. 될 수 있다면 가장 먼 곳에 있는 연관성으로 이러한 양가감정을 시작의 발상으로 삼고 있다고 보여진다.

여러 색깔이 필요 없죠

단 두 가지 색깔만 있으면 공방이 이루어지고

떫고 달콤하다는 과정이 일어나죠

비슷한 색들은 다 한통속이니

확연하게 드러나는 두 색이

하나씩 나누어 갖는 거죠

– 「두 가지 색」 부분

이유(理由)라는 명제는 언제 발생했을까. 대부분 확률은 "경우의 수" 쪽으로 몰려간다고 한다. 하나의 수(數)에서는 아무것도 일어나지 않는 무(無)의 상태가 지속된다고 한다. 그러다 두 개 이상의 수(數)가 발생하면 그때부터 온갖 비유와 이유와 과정이 생기고 현상들이 빠르게 숫자를 늘린다고 한다. 생물학, 물리 및 인지(認知)가 발생한다. 좋거나 나쁘다는 상대적 비교분석이 탄생하기까지 단 두 개의 숫자만 있으면 된다.

마음에 안 들어도 어쩔 수 없죠

원하는 색을 꿈꾸고 태어나는 사람은 없어요

태어나 보니 세상 모든 색은

두 가지로 정리될 뿐이죠

재빠른 사람이 재빠른 색깔을 집어 들면

늦었겠지만 누군가는 늦은 색깔을

집어 들어야 하죠

전지전능한 두 가지 색

－「두 가지 색」 부분

그러나 단 두 가지의 수만 존재한다면 늦고 빠름은 장단점이 되지 못한다. 당연히 양가적 법칙으로 두 가지는 꼭 필요한 현상일 테니 좋고 나쁨은 충돌 이후에나 발생하는 현상이다. 그래서 시인은 두 가지 중 어떤 색을 집어 들어도 **"전지전능한 두 가지 색"**이라고 한다. 선택의 여지가 없었으니 당연한 귀결로 인식하고 받아들이는 행위는 자연스러워진다는 뜻이다.

가령 흰색은 눈사람이 되고

빨간색은 굴뚝을 무단 침입할 수 있죠

극단적인 두 가지 색은

섞이지 않으면서도 어우러지는 것이 묘미죠

꼭 둘 중 하나를 고를 필요는 없는데

언젠가는 꼭 하나를 고르게 되죠

어쩌면 두 색 중 하나가 이미

나를 골랐는지도 모르죠

- 「두 가지 색」 부분

극단은 광활한 "사이"를 거느린다. 복잡하고 다양한 "경우의 수" 들을 극단이라는 편리한 매개로 잠재워 놓을 수 있다고 시인은 진술한다. 인간에게 고유한 물정(物情)이 생기면서 선택의 독점은 어려운 난제가 되었고 둘 중 어느 하나를 고르는 일을 놓고 우월성을 판단하는 능력의 기준으로 삼아 왔다. 분명 우주는 두 개의 큰 상대적 물리에 의해 진행되지만 인류와 뭇 생명들과 기술의 양상(樣相)들은 파편성으로 존재한다. "극단은 섞이지 않으면서" 양쪽으로써 그 중간을 조종한다. 사실 두 가지 색이 섞여도 하나의 색이 될 수 있다.

다만 원색(原色)들은 인간에 의해 만들어졌다기보다는 다양한 자연적 현상으로 발생된 색이다. 그러니 원색이 섞이면서 발생되는 색깔은 인위적이라 할 수 있지만 미학적 요소들이 다분한 색깔인 셈이다.

"어쩌면 두 색 중 하나가 이미/ 나를 골랐는지도 모르죠" 이 말은 평범의 표상이다. 대부분의 존재들은 평범하다는 것을 입증하는 진술인 셈인데, 태어난 이상 이미 정해진 포지션(position)을 갖고 있다는 항변으로 들리기도 한다. 항변이자 순응으로도 들린다. 그러나 순응은 고차원적인 자세다. 단지 힘이 없거나 항변할 가치가 없어 순응하는 것이 아니라 이미 다양한 선험(先驗) 끝에 내린 결론이다.

5- 최빈값

사실 이도훈 시인의 작품들 중에서 자의적 세계관을 가장 잘 나타내는 시는 「평균에 속다」로 볼 수 있다. 그중에서 주목해야 할 단어 하나를 꼽으라면 "최빈값"이라는 단어다. 이는 일정한 통계적 합계에서 가장 빈

번하게 나타나는 변량의 값을 이르는 단어다. 이 단어를 굳이 변환해 보라면 역시 "표준값"이다. 시인의 시편들 전반에 나타나는 "평균"의 이미지들은 차고 넘친다.

평균대는 아슬아슬한

양쪽을 갖고 있습니다.

또 평균이란 말은 양팔을 쭉 뻗고

균형을 쓰다듬으라는 말이니까.

아슬아슬한 양쪽이 있어야 평균이기도 합니다.

한쪽으로 치우치는 것들은

한쪽을 잃고 맙니다.

한쪽을 잃고 나야만 나도

기울 수 있다는 것을 배우게 됩니다.

또 평균은 높거나 낮은 양쪽이 있고

이쪽과 저쪽, 평균을 잡아당기는

기우뚱거림이 있습니다.

오솔길이나 모닥불은

가장 넓은 산술평균일 것입니다.

또 염소의 뿔과 뱀의 갈라진 혀는 어떻습니까.

공격성이 강한 평균값은 칼날과 같습니다.

치명적인 기댓값들은 늘 상처를 냅니다.

우리가 자화상처럼 여겼던 최빈값은

평균값에 무시되었습니다.

그렇지만 평균에 속는 일 또한

그런대로 괜찮은 일일 것입니다.

내 어머니의 오랜 바람이기도 하였으니까요.

숫자는 항상 헷갈리고 사람들은 노름하듯

평균값으로 장난을 치지만

그 평범한 평균을

진땀 흘리며 건너는 중이니까요.

- 「평균에 속다」 전문

평균은 가장 많은 층을 이루고 있음에도 천대받는 주류다. 왠지 평균에 속해 있다고 하면 약자적 위치이거나 그쯤에서 자위(自慰)하는 포지션 같아 보인다. 그런 주류는 양쪽의 비주류들이 잡아당기는 존재들이라고 한다. **"아슬아슬한 양쪽이 있어야 평균이기도 합니다."**라고 한다. 그러나 사회는 그러한 평균 밖에 극과 극의 층을 두고 있기도 하다. 지배층들은 늘상 평균을 이용한다. 또 지배층들은 가난한 극빈층도 이용한다. 극빈층은 가난으로 대변되는 표면적 영향력을 갖고 있으면서도 늘 평균에 도달하지 못한다. 그러나 도

드라지는 표면들은 어느 쪽으로든 쉽게 이용당하는 부류들이라고 역설한다. "**높거나 낮은 양쪽**"을 두고 있지만 평균은 늘 높은 쪽을 지양한다. 이러한 현상은 저 앞에서도 밝혔듯이 모든 확률은 "경우의 수" 쪽으로 흐른다는 법칙과도 닮아 있다.

"오솔길이나 모닥불은/ 가장 넓은 산술평균일 것입니다./ 또 염소의 뿔과 뱀의 갈라진 혀는 어떻습니까." 혀가 두 갈래로 갈라진 뱀과 불확실성을 거쳐 제 나름의 방향으로 흩어지듯 뻗어나가는 사람의 뿔은 오랜 종(種)의 고민이 묻어 있는 중심이다. 인위적으로 발생시킨 평균값인가 아니면, 자연적인 필요에 의한 필연적 평균값인가를 따졌을 때 양가적 충돌에 의한 가장 최선이고 이상적인 "현재"라는 설명으로 읽힌다. 또 모닥불에는 모여드는 것들의 평균값이 있고 오솔길은 정확히 양쪽을 배분하는 방식으로 "산술평균"이라는 시적 도출을 내놓는다. 그러므로 "**최빈값**"은 늘 평균의 중심에 있다. 그런 중심은 "내 어머니의 오랜 바람이기도 하였"고 또 "진땀 흘리며 건너는 중이니까요"라고 고백한다.

6 -충돌의 값

지금까지 살펴본 이도훈 시의 특징 중 하나는 충돌의 값으로 탄생하는 다양한 경우의 수에 주목한다는 것이다. 충돌은 반드시 파편을 만들고 파편은 새로운 존재의 체득으로 이어진다.

> 녹여 먹던 사탕을 와작 깨물 때
> 나머지라는 말이 깨졌다.
> 나머지라는 것, 끝까지 녹여 먹거나
> 주머니 속에 넣고 다닌 일이 없다.
>
> — 「나머지를 가져 본 적이 없다」 부분

"나머지"는 남는 것인가, 남겨둘 수 있는 것인가. 시인은 어떤 것이든 뒤로 넘겨 이월시키지 않았다고 한다. 현재를 단 한 번도 남기지 않았으며 과거로 넘겨 본 적도 없다는 말이다. 미지의 앞은 늘 현재에 모자라거나 못 미친다. 그러므로 과거는 늘 가난하다. 여기서 시인이 말하는 과거는 곧 미래이기도 하다. 남는 과거가 미래로 가서 쌓이는 일이라면 과거뿐만 아니라 시인의 미래 또한 가난하다. 이렇듯 현재가 모자라면 과거도 미래도 늘 모자라는 삶이 된다.

한 입 베어 먹고 잊은 사과에

개미 떼가 붙어 있다.

뜨거운 햇살이었다

(중략)

끝까지 먹어 치우지 못한 것들엔

저렇게 검은색이 묻는다.

껍질이 허물었으면

그 알맹이를 남기지 말 일이다.

- 「사과의 채굴」 부분

또는 어쩌다 남겨 놓은 것들엔 개미 떼가 까맣게 달라붙는다. 햇살은 뜨겁고 현재는 조금의 시간만 지나도 검게 상하고 만다. 또 시인은 껍질이 있는 것들을 허물었으면 끝까지 먹어 치워야 한다고 한다. 그러나 껍질이란 생물의 보관 용기이지만 한 번 열면 두 번 다시 닫을 수 없는 제한적 용기(用器)이다. 일상의 기회들이란 다 그렇다고, 한 번에 먹어 치우기엔 많고 나누어 먹을 방법은 없다고, 막다른 기회의 조각 같은 것이라고 말한다. 이러한 상상은 사물이나 인식을 넘어 일련의 체득에 자신을 충돌시키는 것이다.

내가 교육받지 못한 최초의 일은
왼손과 오른손을 구분 짓는 일이었다.
왜 우리는 오른쪽을
궁금해하지도 않고 받아들였을까.

–「익숙함에 대하여」 부분

나도 모르는 과거가 들어와 현재가 되고 우리는 그 현재에 아무런 의심 없이 순응한다. 분명, 오른쪽과 왼쪽을 교육받은 일이 없음에도 어느 순간 오른손을 더 익숙하게 쓰고 있다는 것을 알게 된다. 그때는 이미 균등한 무엇을 몸에 들이는 일이 참 어렵다. 점점 더 어려워지고 있다는 것을 깨닫게 된다. 익숙하지 않은 쪽은 불신한다. 그렇다면 이미 시인이 알지 못하는 어떤 불신이 한쪽의 습관을 강요했을 것이다. 익숙함은 분명 편리하고 옳음의 영역이겠지만 앞서도 말했듯 우리는 자신도 모르게, 순간으로 충돌하고 새로이 태어나는 습관을 취득한다. 비록, 내 몸이라 할지라도 익숙한 곳과 서투른 곳이 함께 있다는 사실을 환기시킨다.

7 -체득(體得)

체득은 사람과 짐승을 가리지 않는 자진(自進)적 교육 방법이다. 다만 사람은 체득의 분야가 방대하여 필요할 때마다 불러낼 수 있고 짐승은 그때그때의 본능으로 사용한다는 점이 다르다. 특히 동양철학에서의 체득이란 자기 수양의 정점을 통해 얻는 지적(知的)영역으로도 불린다. 이도훈 시인의 시는 대부분 지적인 영역과 체득의 영역이 양가적 중심을 이룬다. 체득한 특별한 수준이나 단계가 없다. 잃은 것과 얻은 것이 발생할 때 자연스레 얻어지고 쌓이는 것이다. 특히 시를 쓰는 행위에 있어 방향과 주제와 지식의 정도와 관계없이 체득은 가장 중요한 에너지가 된다. 때로는 가상의 체득을 현실에 반영하고 그 값을 시로 환원하는 방식도 주로 쓰이는 작법 중 하나다. 무의식적으로 얻은 체득을 의식적으로 쓰는 일이 곧 시를 쓰는 일이라는 것을 시인은 편편을 통해 피력하고 있다.

이 도 훈

2015년 월간 〈시와표현〉 등단

2020년 〈한라일보〉 신춘문예 시 부문 당선

2018년, 2022년 아르코문학창작기금 수혜

2021년, 2022년 송산도서관 상주작가

도서출판 〈도훈〉 대표

계간 〈시마〉 발행인

〈온새미로〉 동인

시집 『맑은 날을 매다』

　　　『봄날은 십 분 늦은 무늬를 갖고 있다』

flyhun9@naver.com